Analyse de l'œuvre

Par Julie Mestrot
et Marie-Sophie Wauquez

La Route

de Cormac McCarthy

Rendez-vous sur lepetitlitteraire.fr et découvrez :

Plus de 1200 analyses
Claires et synthétiques
Téléchargeables en 30 secondes
À imprimer chez soi

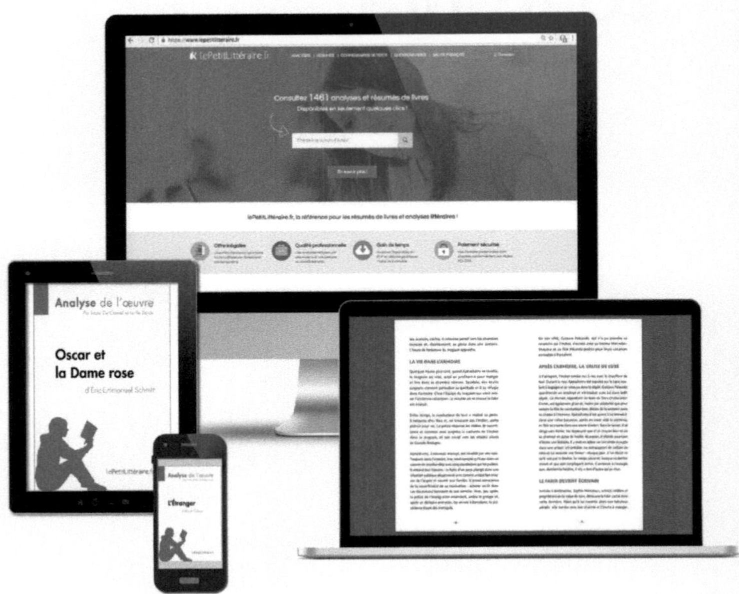

CORMAC MCCARTHY

ÉCRIVAIN AMÉRICAIN

- **Né en 1933 à Providence (États-Unis)**
- **Quelques-unes de ses œuvres :**
  - *Le Gardien du verger (1965), roman*
  - *De si jolis chevaux* (1992), roman
  - *Non, ce pays n'est pas pour le vieil homme* (2005), roman

Cormac McCarthy est un écrivain américain né à Providence, dans le Rhode Island. Il est considéré comme l'un des auteurs les plus importants de sa génération. Ses œuvres ont principalement pour sujet la violence inhérente à la société américaine et sont teintées d'un grand pessimisme. Il est l'auteur d'une dizaine de romans dont *De si jolis chevaux*, publié en 1992, qui a reçu la même année le prestigieux National Book Award et le National Book Critic Circle Award.

En 2007, *Non, ce pays n'est pas pour le vieil homme*, qui traite d'un trafic de stupéfiants au Texas, a été porté à l'écran avec succès par les frères Joel et Ethan Coen (cinéastes américains, nés en 1954 et 1957) : le film a obtenu quatre oscars, dont l'Oscar du meilleur film.

LA ROUTE

LES PÉRIPÉTIES D'UN PÈRE ET DE SON FILS DANS UN MONDE POSTAPOCALYPTIQUE

- **Genre :** roman
- **Édition de référence :** *La Route*, traduit de l'anglais par François Hirsch, Paris, Éditions de l'Olivier, 2008, 256 p.
- **1re édition :** 2006
- **Thématiques :** violence, humanité, famille, mort, survie, apocalypse

La Route, publié pour la première fois en 2006 aux États-Unis, est le dernier roman de Cormac McCarthy. L'auteur y retrace les péripéties d'un père et de son fils dans un monde postapocalyptique. Il présente une double originalité par rapport à l'ensemble de l'œuvre de l'auteur : d'abord, *La Route* met en scène une radicalisation de la violence, qui dépasse le cadre de la société américaine et confère au roman une dimension métaphysique et universelle. D'autre part, la fin du récit, étonnamment optimiste, semble envisager la possibilité d'une rédemption du genre humain.

Très bien accueilli par la critique et le public, *La Route* a reçu le prix Pulitzer de la fiction en 2007 et a été adapté au cinéma par John Hillcoat (cinéaste australien, né en 1961) en 2009.

RÉSUMÉ

UN MONDE DÉVASTÉ

Dans un monde en ruine, ravagé par un cataclysme dont le lecteur ignore tout, un père et son fils anonymes prennent la route vers le Sud des États-Unis, afin d'échapper aux rigueurs de l'hiver. Le père endure cette situation avec courage et habileté pour son fils, né après la catastrophe ; la mère de l'enfant s'est quant à elle suicidée après lui avoir donné naissance. Un temps, le père a raconté à son fils des histoires qui avaient pour cadre le monde tel qu'il était auparavant, des histoires à travers lesquelles il tâchait d'exalter des valeurs de solidarité et d'humanisme. Mais à présent, « il n'y a plus de sujet de conversation » (p. 54).

En outre, des hordes de cannibales parcourent le pays : le duo en croisera d'ailleurs quelques-unes sur son chemin. Il leur faut donc rester constamment sur leurs gardes et se cacher. Ils ignorent la date et le lieu précis où ils se trouvent, et ils se guident seulement d'après le mouvement du soleil.

Ils sont seuls, transportant avec eux, dans un sac à dos et un caddie de supermarché, des objets hétéroclites : des boites de conserve, quelques outils, des couvertures, des bâches, des jouets d'enfant et un révolver muni de deux balles. Autant d'objets trouvés sur le bord de la route, au moyen desquels ils tentent d'assurer leur survie. Tous deux sont sales, maigres et terrifiés.

Il fait froid, mais ils doivent malgré tout traverser des

montagnes pendant quatre jours. Ils n'ont presque plus rien à manger : le père veut sacrifier sa nourriture pour son enfant, mais celui-ci refuse. Un jour, ils croisent un homme en guenilles, foudroyé. L'enfant veut l'aider, rester avec lui, lui donner de la nourriture, mais le père refuse.

Alors qu'ils dorment dans une forêt, ils sont réveillés par le bruit d'un camion transportant un groupe d'hommes, peut-être des cannibales. Ils se cachent, mais l'un des individus les retrouve par hasard et s'empare de l'enfant. Le père le tue, et ils parviennent à s'enfuir. Plus tard, le père tâche de retrouver le caddie qu'ils ont abandonné dans leur fuite. Celui-ci a été pillé : dès lors, le père et le fils sont plus démunis que jamais, sans couvertures et sans provisions.

LES CANNIBALES

Deux jours plus tard, ils atteignent une ville où ils perçoivent des signes de présence humaine. En dépit des risques, ils essaient en vain de trouver de quoi se nourrir, puis dorment cachés dans une voiture, en attendant le lendemain pour poursuivre leurs recherches. Le jour suivant, l'enfant croit voir au loin un petit garçon et un chien. S'accrochant à cet espoir, il veut les retrouver, mais son père décide de reprendre la route.

Ils n'ont plus d'eau et ne font plus de feu pour ne pas attirer l'attention. Un jour, dissimulés en lisière de la route, ils voient des hommes passer avec, à leur suite, des femmes et des enfants enchainés : il s'agit d'une horde de cannibales et de leurs futures victimes.

Père et fils continuent à marcher, désormais sous la neige et, tandis qu'ils ont trouvé refuge dans une forêt calcinée, les arbres commencent à tomber. Dès lors, ils sont à nouveau contraints de reprendre la route. Le père fabrique des chaussures de fortune avec des sacs en plastique et des morceaux de parka. Ils n'ont presque pas dormi ni mangé depuis cinq jours, lorsqu'ils arrivent dans une petite ville et s'introduisent dans une maison. Là, ils trouvent des provisions et des couvertures en abondance, mais ils découvrent aussi, sous une trappe de la demeure, des hommes, des femmes et des enfants enfermés, qui implorent leur aide. Alors que des cannibales arrivent, le père et le fils s'enfuient et se terrent dans des fourrés.

LA MALADIE

L'enfant tombe malade : « On eût dit une créature au sortir d'un camp de la mort. » (p. 104) Dans une ferme, le père trouve de l'eau potable et de vieilles pommes. Ils reprennent leur périple et vivent leur nuit la plus dure, sous la pluie, sans pouvoir allumer de feu.

Quelques jours plus tard, alors que la mort se fait toujours plus menaçante, le père découvre une maison isolée non loin d'un village ; après l'avoir inspectée, il remarque par hasard une trappe dans le jardin, qui s'ouvre sur un abri antiatomique. À l'intérieur, ils découvrent des vivres en abondance et des outils, autant d'éléments nécessaires à leur survie. Ils y restent en paix plusieurs jours, comme dans un fragile foyer, et reprennent des forces.

Quand ils repartent, emportant avec eux des provisions,

le père estime qu'ils sont à 300 kilomètres de la côte. Ils croisent un vagabond. Comme l'enfant insiste, ils lui donnent à manger, puis passent la nuit avec lui, près du feu. Le père pose des questions au vieillard, mais celui-ci ne répond jamais. Il affirme : « Il n'y a pas de Dieu et nous sommes ses prophètes. » (p. 147) Le duo laisse donc cet individu à son sort.

Tous deux continuent leur parcours, semblables à « deux animaux traqués » (p. 115), à « deux drogués au coin d'une rue » (p. 153) ou encore à des « prisonniers évadés » (p. 161). Le père, qui tousse depuis le début du voyage, tombe malade et crache maintenant du sang : quatre jours durant, ils sont forcés de rester au même endroit. Cette maladie lui sera fatale.

Ils voient au loin le bivouac de quatre personnes, trois hommes et une femme enceinte. Mais quand ils y arrivent, tous sont partis. Sur le feu, un nourrisson est embroché. Parvenus dans un village, ils établissent leur campement dans une luxueuse maison, où ils trouvent de quoi se nourrir et se laver. Ils y demeurent quatre jours.

L'OCÉAN

Il ne leur reste presque plus de vivres quand ils parviennent à l'océan. La mer n'est pas bleue, mais noire, et le paysage est semblable à tous ceux qu'ils ont traversés : gris et froid, sans vie. Plus loin sur la berge, le père découvre d'innombrables squelettes de poissons.

Il y a un navire à 300 mètres de la plage. À plusieurs reprises, le père part y chercher de quoi survivre, laissant l'enfant seul. Il y trouve à manger et un pistolet d'alarme. Le soir, il utilise l'arme, comme pour faire un feu d'artifice, mais la lumière ne perce que faiblement dans le nuage de cendres qu'est devenu le ciel. Ensuite, l'enfant tombe à son tour malade et, pendant trois jours, ils sont obligés de rester sur la plage.

Alors qu'ils sont partis en expédition, leur campement est pillé, mais ils retrouvent le voleur, que le père menace de son arme. Ils récupèrent leurs affaires et reprennent leur route. Arrivés à un port, ils sont pris pour cible par un homme armé d'un arc et de flèches. Le père, sévèrement blessé à la cuisse, parvient à toucher l'homme avec le pistolet d'alarme.

Ils trouvent alors refuge dans un immeuble, où le père tente de recoudre sa plaie, puis repartent. L'hiver est là, et le père est à bout de forces, malade. C'est donc l'enfant qui s'occupe d'établir le campement et de trouver de la nourriture. Lorsque le père meurt, son fils reste trois jours à côté de lui. Quand il revient sur la route, il croise un homme qui lui propose de l'accompagner. Après avoir hésité, l'enfant accepte. L'homme a deux enfants et une femme qui réconforte l'orphelin.

ÉTUDES DES PERSONNAGES

LE PÈRE

Nous ignorons jusqu'à son nom et son aspect physique. De lui, on sait seulement qu'il a une barbe et les cheveux hirsutes ; quelques informations nous parviennent encore par le biais de ses souvenirs : de fait, le père évoque l'endroit où il a grandi, dans une petite ville non loin d'un lac poissonneux ; il se remémore aussi la mort de sa femme après son accouchement, et son propre refus de mourir.

Seul au monde avec son fils, c'est donc essentiellement à travers les rapports qu'il entretient avec sa progéniture qu'il se définit dans le roman. Il apparait ainsi comme un père extrêmement attentif, doux, protecteur, décidé et capable de se sacrifier. Il montre également une certaine habileté à organiser leur survie, notamment en trouvant de la nourriture et des outils : « Dans un vieux fumoir à pan de bois ils avaient trouvé un jambon perché dans un coin tout en haut » (p. 21) ; « Du pied il dégagea un emplacement plus loin dans la neige là où le feu ne risquait pas d'enflammer l'arbre et il rapporta du bois tombé d'autres arbres, cassant les branches et les secouant pour enlever la neige. » (p. 85)

Son amour pour son fils constitue le seul sens qui reste à sa vie, le seul rempart contre son désir de mourir : « L'enfant était tout ce qu'il y avait entre lui et la mort. » (p. 31) En effet, l'appel de la mort est constant, car il sait que cette existence ne leur offre plus aucun espoir. Continuer d'espérer, comme il s'efforce de le faire pour son enfant, continuer de vouloir vivre, c'est donc, à ses yeux, se mentir à soi-même. Il lui arrive fréquemment de considérer son fils comme Dieu lui-même, puisqu'il le perçoit comme la dernière incarnation de l'espoir et de l'innocence, comme l'unique possibilité de futur.

Tout au long du périple, le père conserve deux balles dans son pistolet, afin d'être sûr de pouvoir mettre fin à ses jours et à ceux de son fils si la situation devait encore empirer.

L'ENFANT

Nous ignorons également son identité ; il est simplement nommé « le petit ». Nous ne savons pas non plus son âge, qui doit toutefois ne pas être inférieur à 6 ans (il est capable de marcher seul durant de longues périodes, il peut allumer le feu par lui-même ou encore tenir une arme à feu pour se défendre). Né après la catastrophe, l'enfant n'a jamais connu le monde d'avant, et il lui arrive même de douter qu'il n'ait jamais existé. Comme c'est le cas pour le père, nous ignorons presque tout de son apparence : nous savons seulement que tous deux sont amaigris, sales, vêtus de haillons, mais aucune particularité physique n'est livrée au lecteur.

En définitive, le roman nous donne moins d'informations sur la vie intérieure de l'enfant que sur celle du père : nous n'avons pas accès à ses rêves, et le narrateur omniscient semble, de façon générale, observer une certaine distance par rapport à lui : « Le petit se retourna et regarda une dernière fois le caddie et le suivit en direction de la route » (p. 89) ; « Tu le sais, hein ? Le petit gardait les yeux baissés.

Il opina de la tête. » (p. 49) Ne sont donc le plus souvent dévoilées que les actions du petit ; le lecteur n'a que rarement accès aux pensées impénétrables de celui-ci.

De fait, ce que nous savons à son sujet, nous l'apprenons essentiellement à travers les dialogues avec son père : nous prenons ainsi connaissance de sa peur, presque constante, de sa soumission à son père et de son obéissance. Mais on constate aussi sa volonté de faire le bien autour de lui, notion que son père lui a inculquée. Ainsi, lorsqu'il croise des survivants, il insiste toujours pour leur venir en aide :

> « On ne peut pas l'aider ? Papa ?
> Non. On ne peut pas.
> Le petit tirait par sa veste : Papa ? disait-il. Arrête ça. On ne peut pas l'aider Papa ? » (*ibid.*)

Que ce soit l'homme foudroyé, le voleur qu'ils rattrapent et dépouillent ou encore le vieil homme aveugle, le petit désire toujours venir en aide aux personnes qu'il rencontre.

Ces deux héros anonymes n'ont donc rien de singulier, n'ont pas de caractéristiques propres : ils sont un père et un fils comme tant d'autres. Cet anonymat, qui leur confère en même temps une certaine universalité, a peut-être aussi pour but de montrer que les traits humains – l'apparence, le caractère – sont effacés dans ce monde inhumain, au sein duquel les individus sont réduits à leur instinct de survie, et où le reste est accessoire.

LES CANNIBALES

Les cannibales, comme les deux personnages principaux du récit, ne sont pas décrits physiquement. Nous ne savons d'eux que ce que les pérégrinations du petit et de son père nous apprennent. Ce sont des hommes barbares qui s'organisent pour traquer les survivants isolés. C'est pourquoi le père et son fils sont forcés de fuir indéfiniment. Une fois capturés, les hommes, femmes ou enfants sont prisonniers des cannibales jusqu'à leur agonie.

Ces personnages sont essentiels à la dynamique du récit, puisqu'ils poussent les deux héros à se cacher en permanence. De la recherche de nourriture à la découverte d'abris relativement confortables, l'attention du père est sans arrêt tendue vers la possibilité d'une attaque.

Les cannibales sont non seulement anthropophages, mais également barbares, presque monstrueux. À l'image des zombies, ces personnages phares de la littérature postapocalyptique, les cannibales sont la source première de l'effroi :

> « Ils vont nous tuer ? Papa ?
> Chut.
> [J]'ai tellement peur.
> Chut. » (p. 100-101)

Symboliquement, les cannibales représentent ce que le petit tente de combattre : ils sont l'incarnation du mal, de l'ignominie humaine. L'enfant, quant à lui, représente ce qu'il reste d'espoir face à la terreur et au délabrement de l'humanité. En effet, le petit est prêt à accorder sa confiance en l'humanité, et ce malgré la terreur que lui inspirent les cannibales. L'enfant ne tient pas compte du danger que les rencontres impliquent et tente toujours de venir en aide aux personnes qu'il croise : le vieux mendiant, l'homme foudroyé et même le voleur.

CLÉS DE LECTURE

UNE FICTION POSTAPOCALYPTIQUE ?

Le genre postapocalyptique est fortement représenté par des auteurs américains comme Richard Matheson (1926-2013) avec *Je suis une légende* (1954), Stephen King (né en 1947) avec *Le Fléau* (1978) ou encore Max Brook (né en 1972) avec *World War Z : une histoire orale de la Guerre des zombies* (2006), mais également par un certain nombre d'auteurs anglais tels que Mary Shelley (1797-1851) avec *Le Dernier Homme* (1826) ou George Orwell (1903-1950) avec *1984* (1949). Dans une moindre mesure, des auteurs français pratiquent aussi le genre comme Robert Merle (1908-2004) avec *Malevil* (1972) ou Pierre Bordage (né en 1955) avec *Les Derniers Hommes* (2002).

La fiction postapocalyptique tend généralement à décrire un monde sur le déclin, dont la réalité sociale est traumatique. En effet, dans ce type d'œuvre, la société telle que nous la connaissons se meurt pour laisser place à une réalité sociale d'une grande violence : virus mortels qui déciment la population, attaques nucléaires, catastrophes naturelles, etc. Le traumatisme de ce déclin est d'autant plus violent qu'il s'accompagne généralement du surgissement de la haine et de l'inhumanité – une violence que la situation postapocalyptique révèle au grand jour, mais qui fait partie intégrante du genre humain.

La Route est donc un roman qu'il est aisé, de prime abord, de qualifier de fiction postapocalyptique. En effet, l'histoire se déroule sur fond de catastrophe nucléaire (du moins, c'est ce que le lecteur devine) et met en scène les survivants de cette apocalypse au milieu des bandes armées et anthropophages, omniprésentes dans ce monde dévasté. Ainsi, le père et son fils règlent leur vie, ou plutôt leur survie, en fonction des nouvelles lois érigées par la violence de cette société postapocalyptique.

S'il présente donc des caractéristiques propres au genre, le roman de Cormac McCarthy s'en écarte toutefois de manière significative par le manque de descriptions et de renseignements concernant la catastrophe en elle-même. De fait, celle-ci est seulement désignée brièvement et renvoyée au passé. Cette particularité du roman le place dans une position particulière, hors genre, ou au-delà de celui-ci. Ainsi, *La Route* transcende les codes de la fiction postapocalyptique : le fait de représenter le délabrement du monde sans en évoquer la cause permet à l'auteur de se concentrer sur l'horreur de la situation des deux protagonistes et donc sur la violence à laquelle ils sont exposés.

Dans *La Route*, la représentation de la violence passe notamment par un traitement particulier du temps et de l'espace. La préoccupation principale des deux protagonistes étant de s'alimenter, le temps et l'espace s'organisent pour eux autour de cet objet tant convoité qu'est la nourriture. Ainsi, le temps du récit est principalement celui de l'attente. Quand trouveront-ils de quoi se nourrir ? Telle est la question qui sous-tend le récit. Le rythme se fait alors répétitif : rechercher de la nourriture, marcher, trouver de la nourriture et recommencer le processus, indéfiniment. La violence d'un tel processus réside alors dans la faim dévorante qui tenaille les protagonistes et menace leur vie à chaque instant.

Ces redondances, couplées au traitement spécifique de l'espace, ne sont pas sans nous laisser entrevoir un rapprochement avec certaines caractéristiques propres au western à l'américaine. Dans ce genre, comme d'ailleurs dans bon nombre de romans de Cormac McCarthy, l'idée de frontière est un thème particulièrement représenté et qui introduit l'idée d'un cheminement, d'horizons à conquérir. Et de fait, dans *La Route*, la frontière joue un rôle essentiel : le père et son fils cherchent avant tout à repousser cette limite géographique, à la franchir pour gagner le Sud, afin d'y trouver un espace sain, dépourvu de la violence induite par la catastrophe.

La conquête est ici celle d'un espace pur et édénique, de ce que les Américains appellent encore la *wilderness* – ou nature sauvage. En effet, les deux protagonistes sont sur la route afin de fuir les cannibales et de chercher de la nourriture, mais ils ont également un autre but : atteindre la côte, car la mer représente l'espoir d'une nature vierge de toutes traces de la catastrophe.

Mais à cette *wilderness* tant espérée s'oppose l'espace dans lequel ils évoluent réellement : « Il disait qu'il fallait à tout prix atteindre la côte, pourtant quand il se réveillait la nuit il savait que ce n'étaient là que des mots vides et sans substances. Qu'il y avait une bonne chance qu'ils meurent dans les montagnes et que ce serait fini. » (p. 31)

Car dans *La Route*, la nature se veut finalement plutôt inquiétante. En effet, les arbres eux-mêmes, dans leur lente agonie, deviennent une menace de mort pour le fils et son père :

> « Viens. Il faut partir.
> Qu'est-ce qui se passe ?
> Les arbres. Ils sont en train de tomber. » (p. 87)

La *wilderness* américaine s'institue donc de manière, non pas édénique comme dans le western traditionnel, mais de manière horrifique.

L'INTERTEXTUALITÉ

Le roman de Cormac McCarthy, original à bien des égards, s'inspire toutefois d'autres ouvrages, qui lui sont antérieurs. Le titre lui-même – *La Route* – établit indéniablement un lien avec le roman de Jack Kerouac (écrivain américain, initiateur du mouvement *Beat Generation*, 1922-1969) intitulé *Sur la route* (1957). Les similitudes entre les deux textes sont, en effet, frappantes. Les deux auteurs s'appliquent à décrire une fuite, une tentative d'évitement de la société et de l'ordre établi. En revanche, il est évident que la société décrite par Cormac McCarthy est imaginaire, bien que construite à partir d'éléments du réel – le postapocalyptique relève de la science-fiction –, alors que la société décrite par Jack Kerouac est celle de l'Amérique des années 1950.

Toutefois, ce qui rend le lien entre les deux ouvrages si prégnant réside peut-être dans ce qui les oppose. En effet, Cormac McCarthy travestit l'idée de frontière et montre à quel point la société américaine est stérile ; chez lui, il n'y a aucun espoir quant à la possibilité de repousser à nouveau cette frontière originelle. Au contraire, Jack Kerouac défend le voyage à l'américaine et l'idée que cette frontière peut encore être repoussée par les nouvelles générations.

Outre Jack Kerouac, il est encore aisé de rapprocher l'œuvre d'un roman tel que de celui de Richard Matheson, *Je suis une légende*. Leur sujet est similaire, puisque les deux ouvrages racontent l'histoire de survivants menacés par cet « autre » terrifiant : les groupes anthropophages chez McCarthy ; les mutants ou zombies chez Matheson. Dans les deux récits, les survivants deviennent les garants des valeurs de la société qui régissaient le monde avant la catastrophe. Le père, dans *La Route*, parle à ce sujet de « porter le feu » (p. 76) ; le personnage principal de *Je suis une légende*, quant à lui, est le dernier homme capable de créer un vaccin pour éradiquer le mal qui s'est propagé.

UN RÉCIT ÉPURÉ

Ce qui frappe d'abord dans le roman, c'est l'incroyable économie de moyens mis en œuvre. Deux personnages seulement, sans noms, très peu de rebondissements et une intrigue simple : un père et un fils en route vers le sud. Cette économie convient sans aucun doute pour rendre compte de la disparition de toutes choses au sein d'un monde dévasté, où les jours se ressemblent tous, comme pris dans une éternité où le passé est effacé, et le futur impossible.

Dans ce cadre, le langage est mis en crise : les mots manquent, parce que le réel manque. Le monde humain étant voué à la disparition, « l'idiome sacré [est] coupé de ses référents et par conséquent de sa réalité » (p. 80). Par conséquent, le style est simple, épuré ; il va à l'essentiel, est dépourvu d'ornements, comme le monde qu'il décrit. Les verbes manquent même dans de nombreuses phrases, signifiant peut-être l'impossibilité de l'action.

Par ailleurs, le narrateur omniscient ne livre aucun commentaire, aucune analyse, se contentant de rendre compte des faits dans un style indirect libre, mêlant sa parole à celle des personnages : « Ils firent halte pour l'examiner. Je crois qu'on devrait aller voir, dit l'homme. Y jeter un coup d'œil. L'herbe guéable tombait en poussière sous leurs pieds. » (p. 12)

Si le père et l'enfant se parlent, c'est uniquement à des fins pragmatiques. Et on peut noter qu'au cours du roman, l'enfant, qui n'a jamais connu le monde d'avant l'apocalypse, se refuse de plus en plus à communiquer : chaque épreuve le plonge davantage dans le mutisme. Perspective inquiétante, puisque la perte du langage signifie la perte de l'humanité, de l'histoire, de la foi : « Sur cette route, il n'y a pas d'homme du Verbe. » (p. 34) Mais remarquons encore que, dans ce monde, même « le silence [est] à bout de souffle » (p. 88).

Il y a toutefois, comme en suspens, quelques phrases qui reviennent occasionnellement, répétées au cours du roman, et qui signifient surtout le lien et la complicité entre le père et le fils. Des phrases apprises du père, et que le fils répète sans bien les comprendre : « On va garder l'œil » (p. 48) ; « On porte le feu » (p. 76) ou encore le « D'accord » (p. 15) du petit garçon, étrange assentiment dont on ne sait trop s'il se rapporte à ce que dit le père ou au monde lui-même...

UN ROMAN DE LA TRANSMISSION ET DE L'INITIATION

Le roman, qui ne présente que deux personnages, met particulièrement en relief la force de la relation entre le père et son fils : « Chacun [est] tout l'univers de l'autre. » (p. 11) Chacun est à l'égard de l'autre dans un état de dépendance absolue : l'enfant, parce qu'il ne saurait assurer seul sa propre protection et sa survie ; le père, parce que l'enfant est sa seule raison de vivre. Ils n'existent donc que l'un par l'autre, que l'un pour l'autre. Et si chacun est aussi « l'univers » de l'autre, c'est que l'enfant force le père à concevoir un futur et un monde différent, tandis que le père s'efforce de dessiner à l'enfant un monde meilleur, un monde tel qu'il était avant la catastrophe.

À travers ses récits, histoires fictives et souvenirs réels, le père évoque en effet à son fils un monde plein de vie et de jeux, un monde où « les gentils » (p. 71) sont récompensés et heureux. Mais il cherche surtout à lui inculquer la dichotomie du bien et du mal. Ses récits permettent donc la transmission des valeurs humaines, de l'humanité elle-même, dans un monde qui en est dépourvu.

Il raconte parfois des souvenirs du monde précédent la catastrophe. Par exemple, lorsqu'il retrouve sa maison d'enfance : « Par les froides nuits d'hiver quand l'électricité était coupée à cause d'une tempête on s'asseyait ici devant le feu, mes sœurs et moi, pour faire nos devoirs. » (p. 29) Le petit réclame également des histoires à son père : « Tu vas pouvoir me lire une histoire, dit le petit. Hein, Papa ? »

(p. 13) Ces histoires sont toujours positives ; elles véhiculent l'espoir.

Le père initie aussi l'enfant aux techniques et astuces nécessaires à la survie. Chacun de ses gestes et chacun des objets ou outils qu'il utilise reçoivent ainsi dans le roman une description très précise :

> « Il retira le boulon et perça la douille avec une chignole et la rebagua avec un tronçon de tuyau qu'il avait découpé à la bonne longueur à l'aide d'une scie à métaux. Puis il revissa le tout et remit le caddie debout et fit le tour du garage en le poussant. Le caddie tenait plus ou moins droit. Le petit avait observé chacun de ses gestes. » (p. 20)

Enfin, à travers ce roman de la transmission, l'auteur nous engage, semble-t-il, à réfléchir sur la place et le sens du récit en général, et peut-être de ce roman en particulier. Par un procédé de mise en abyme, les personnages discutent de ce que signifie raconter une histoire. On comprend dès lors que le rôle du roman, des histoires, est justement la préservation et la propagation de l'humanité dans un monde inhumain :

> « Toi, tu racontes toujours des histoires qui finissent bien.
> Tu n'as pas d'histoires qui finissent bien ?
> Elles sont plutôt comme la vraie vie.
> Mais mes histoires à moi ne le sont pas.
> Tes histoires à toi ne le sont pas. Non [...].
> Je crois que ce n'est pas si mal. Que c'est une assez belle histoire [en parlant d'eux-mêmes]. Que ça compte pour quelque chose. » (p. 229-230)

C'est principalement la fin des histoires qui en donne le

sens, la question de savoir si elles finissent bien ou mal. Aussi, la conclusion du roman de McCarthy apportera-t-elle un semi-démenti aux propos du petit garçon, qui ne connait que des histoires qui finissent mal. *La Route* se clôt en effet sur une note d'espoir et, dans une certaine mesure, elle finit donc bien. Le père ne se trompait ainsi pas en rappelant toujours dans ses récits la possibilité du bien.

LA DIMENSION MÉTAPHYSIQUE DU ROMAN

En raison du caractère postapocalyptique du monde dans lequel évoluent les personnages, ceux-ci sont réduits à leur dimension essentielle et fondamentale, à l'instinct de survie présent dans chaque individu pour la perpétuation de l'espèce. Tout ce qui fait le monde humain a disparu pour laisser éclater l'effroyable vérité : l'homme est un être fragile et insignifiant, voué à la mort.

Ainsi, dans le roman, l'histoire et la géographie sont effacées ; les saisons qui rythment la vie humaine ont disparu, tout comme la Lune et le Soleil. Mais plus encore, c'est tout ce qui signifie la vie qui est absent de l'œuvre : il n'y a aucune présence animale, aucun oiseau, aucun bruit, pas même de vent ; le monde est figé dans un présent sans fin où l'espoir est impossible, parce qu'il n'y a rien à attendre d'autre que la mort. La seule chose qui demeure dans ce monde dévasté, c'est l'instinct de survie, ridicule et insensé, puisque l'homme n'est rien.

Dès lors, *La Route* n'est pas sans évoquer le mythe de Sisyphe. Dans l'*Odyssée*, Homère (poète épique grec, VIIIe siècle av. J.-C.) raconte le châtiment de Sisyphe, condamné, pour avoir défié les dieux, à faire rouler pour l'éternité un rocher jusqu'en haut d'une colline dont il redescend chaque fois qu'il parvient au sommet. Au xxe siècle, l'histoire de Sisyphe a été interprétée par Albert Camus (écrivain français, 1913-1960), dans son *Mythe de Sisyphe* (1942), comme une allégorie de l'absurdité de l'existence humaine, l'homme étant toujours voué à recommencer les mêmes actions, vainement.

Or, comme l'indique le titre, la trame du roman de McCarthy consiste dans la répétition de cette action unique qui est de reprendre la route : chaque jour, les héros reprennent la route, tout en sachant que ce chemin ne mènera à rien, si ce n'est à la mort. Dès lors, leur périple apparait comme absurde. Et si le père veut faire croire à l'enfant que les jours à venir s'annoncent meilleurs, il a en réalité peu d'espoir, et rien ne vient donc véritablement justifier le chemin entrepris ; un chemin qui doit mener au sud, mais qui mène en réalité seulement à la mort du père.

La Route peut également être interprétée comme la quête d'un paradis perdu, la quête du monde tel qu'il existait avant la catastrophe ; un monde humain, coloré, vivant et bruyant, que le père se remémore et raconte. Un faible espoir persiste et guide les deux protagonistes, pour lesquels il s'agit de retrouver le passé.

Mais le roman donne également à comprendre l'enfance comme un autre paradis perdu. D'abord, parce que le père divinise son enfant, donnant à chaque parole et chaque geste du petit la force d'un commandement sacré. Enfin, parce qu'à de nombreuses reprises, le père reconnait que, sans l'enfant, il se serait certainement déjà donné la mort.

L'enfance apparait ainsi comme le symbole de la vie, comme le dernier rempart contre la mort et le désespoir. L'âge adulte, au contraire, est l'époque du renoncement (la mère du petit s'est suicidée), du mensonge et de la méfiance (le vieillard), de l'inhumanité (les cannibales).

LA MÉTAPHORE RELIGIEUSE

Au-delà de sa réflexion métaphysique, le roman déploie aussi une dimension religieuse. La quête du paradis perdu ne correspond pas uniquement à la recherche du monde tel qu'il était avant la catastrophe ; à travers elle, il est également question d'accéder à une forme de rédemption, de rachat par la foi.

Ainsi, le roman présente une métaphore religieuse tout au long du récit, puisqu'il érige l'enfant en messager de Dieu. Le père, qui se raccroche à son fils, voit en lui une sorte de messie. Il dit alors, en parlant des cheveux de l'enfant : « Calice d'or, bon pour abriter un dieu. » (p. 69) Et il semble penser que son rôle est de protéger cet envoyé de Dieu : « Mon rôle c'est de prendre soin de toi. J'en ai été chargé par Dieu. » (p. 71)

En outre, le parcours des deux protagonistes peut sembler constituer un sacerdoce. Le père dit à son fils qu'il « porte le feu » (p. 187) ; un feu qui, plus qu'un simple message de bonté, peut ici incarner la foi sur terre, préservée et portée par l'enfant en vue de sa transmission.

> « Peut-être qu'il croit en Dieu.
> Je ne sais pas en quoi il croit.

Dans ce court extrait, le père discute avec le vieux mendiant que le petit a désiré inviter pour un repas. Bien que le vieil homme semble avoir perdu la foi en Dieu, le père, par l'entremise de son fils, ne peut cesser de croire. Nous voyons donc à quel point l'espoir véhiculé par le petit se rapproche ici de la croyance. L'enfant croit en la bonté de l'homme sans rien demander en retour, tout comme le croyant croit en Dieu et se remet à lui en toute confiance.

La longue marche du père et de son fils s'apparente encore, sous l'angle de cette métaphore religieuse, à une prophétie divine : « Tout cela comme une antique bénédiction. Ainsi soit-il. Évoque les formes. Quand tu n'as rien d'autre, construis des cérémonies à partir de rien et anime-les de ton souffle. » (p. 68) Plus que de l'espoir, il semble que le petit véhicule une ultime parcelle de foi dans un monde dévasté. Une foi en l'être humain, en la bonté de l'homme, mais également la foi en un dieu qui guiderait leurs pas vers un monde meilleur – vers le Sud.

Dans *La Route*, la fin du récit rompt avec la noirceur des évènements qui précèdent, laissant entendre que Dieu est bien présent, de quelque manière que ce soit, auprès du petit : « Elle [la mère adoptive du petit] lui parlait quelquefois de Dieu. Il essayait de parler à Dieu mais le mieux c'était de parler à son père et il lui parlait vraiment et il n'oubliait pas. » (p. 244)

En définitive, *La Route* est un roman postapocalyptique au

style épuré, qui met en scène la survie d'un père et de son fils. En prenant quelque peu ses distances avec les codes traditionnels du genre, le roman de McCarthy parvient, notamment par l'économie de ses moyens, à faire transparaitre la décrépitude d'un monde qui se dépouille peu à peu, comme le langage employé, de ses fondamentaux. À travers le récit de l'apocalypse, l'auteur aborde des thématiques universelles telles que la mort, la nature humaine ou même la filiation. Un récit empreint de violence qui acquiert donc une dimension métaphysique.

PISTES DE RÉFLEXION

QUELQUES QUESTIONS POUR APPROFONDIR SA RÉFLEXION...

- Pourquoi, selon vous, l'enfant refuse-t-il souvent de parler ?
- En quoi le roman *La Route* peut-il être considéré comme une utopie négative ?
- Quelle est la fonction des rêves et des souvenirs du père dans le récit ?
- En quoi la description de la condition humaine développée dans le roman relève-t-elle d'une philosophie de l'absurde ? En quoi peut-on rapprocher *La Route* du célèbre mythe de Sisyphe ?
- Quelle conception de Dieu et de la religion se dégage de *La Route* ?
- Quelle vision de l'enfance l'auteur développe-t-il dans son œuvre ?
- Les indications de temps et de lieux sont extrêmement vagues. En quoi cela renforce-t-il la dimension métaphysique du roman ?
- En quoi le traitement du temps et de l'espace participe-t-il à la montée de la violence au sein du roman ?
- Analysez la fin du récit. En quoi peut-elle paraitre surprenante ? Quelle est sa portée ?
- Quelles sont les similitudes entre *La Route* de McCarthy et *Sur la route* de Jack Kerouac ?

Votre avis nous intéresse !
Laissez un commentaire sur le site de votre librairie en ligne
et partagez vos coups de cœur sur les réseaux sociaux !

POUR ALLER PLUS LOIN

ÉDITION DE RÉFÉRENCE

- McCarthy C., *La Route*, traduit de l'anglais par François Hirsch, Paris, Éditions de l'Olivier, 2008.

ADAPTATION

- *La Route* (*The Road*), film de John Hillcoat, avec Viggo Mortensen et Charlize Theron, États-Unis, 2009. Extrêmement fidèle à l'esprit et à la lettre du roman, ce film a notamment été tourné, de façon significative, à La Nouvelle-Orléans après l'ouragan Katrina (2005). La fin du film, quoique conforme à celle du récit, a fait l'objet de nombreuses critiques. Il semble que si l'optimisme de la conclusion du roman de McCarthy peut être vécu avec soulagement par le lecteur, la version qu'en propose le film – *happy end* – lui donne une dimension trop hollywoodienne.

DUMAS
• Les Trois
  Mousquetaires

ÉNARD
• Parlez-leur
  de batailles,
  de rois et
  d'éléphants

FERRARI
• Le Sermon sur la
  chute de Rome

FLAUBERT
• Madame Bovary

FRANK
• Journal
  d'Anne Frank

FRED VARGAS
• Pars vite et
  reviens tard

GARY
• La Vie devant soi

GAUDÉ
• La Mort du
  roi Tsongor
• Le Soleil des
  Scorta

GAUTIER
• La Morte
  amoureuse
• Le Capitaine
  Fracasse

GAVALDA
• 35 kilos d'espoir

GIDE
• Les
  Faux-Monnayeurs

GIONO
• Le Grand
  Troupeau
• Le Hussard
  sur le toit

GIRAUDOUX
• La guerre de
  Troie
  n'aura pas lieu

GOLDING
• Sa Majesté des
  Mouches

GRIMBERT
• Un secret

HEMINGWAY
• Le Vieil Homme
  et la Mer

HESSEL
• Indignez-vous !

HOMÈRE
• L'Odyssée

HUGO
• Le Dernier Jour
  d'un condamné
• Les Misérables
• Notre-Dame
  de Paris

HUXLEY
• Le Meilleur
  des mondes

IONESCO
• Rhinocéros
• La Cantatrice
  chauve

JARY
• Ubu roi

JENNI
• L'Art français
  de la guerre

JOFFO
• Un sac de billes

KAFKA
• La Métamorphose

KEROUAC
• Sur la route

KESSEL
• Le Lion

LARSSON
• Millenium I. Les
  hommes qui
  n'aimaient pas
  les femmes

LE CLÉZIO
• Mondo

LEVI
• Si c'est un
  homme

LEVY
• Et si c'était vrai…

MAALOUF
• Léon l'Africain

MALRAUX
• La Condition
  humaine

MARIVAUX
• La Double
  Inconstance
• Le Jeu de l'amour
  et du hasard

MARTINEZ
• Du domaine
  des murmures

MAUPASSANT
• Boule de suif
• Le Horla
• Une vie

MAURIAC
• Le Nœud
  de vipères

MAURIAC
• Le Sagouin

MÉRIMÉE
• Tamango
• Colomba

MERLE
• La mort est
  mon métier

MOLIÈRE
• Le Misanthrope
• L'Avare
• Le Bourgeois
  gentilhomme

MONTAIGNE
• Essais

MORPURGO
• Le Roi Arthur

MUSSET
• Lorenzaccio

MUSSO
• Que serais-je
  sans toi ?

NOTHOMB
• Stupeur et
  Tremblements

ORWELL
• La Ferme
  des animaux
• 1984

PAGNOL
• La Gloire de
  mon père

PANCOL
• Les Yeux jaunes
  des crocodiles

PASCAL
• Pensées

PENNAC
• Au bonheur
  des ogres

POE
• La Chute de la
  maison Usher

PROUST
• Du côté de
  chez Swann

QUENEAU
• Zazie dans
  le métro

QUIGNARD
• Tous les matins
  du monde

RABELAIS
• Gargantua

RACINE
• Andromaque
• Britannicus
• Phèdre

ROUSSEAU
• Confessions

ROSTAND
• Cyrano de
  Bergerac

ROWLING
• Harry Potter à
  l'école des sor-
  ciers

SAINT-EXUPÉRY
• Le Petit Prince
• Vol de nuit

SARTRE
• Huis clos
• La Nausée
• Les Mouches

SCHLINK
• Le Liseur

SCHMITT
- La Part de l'autre
- Oscar et la
  Dame rose

SEPULVEDA
- Le Vieux qui
  lisait des romans
  d'amour

SHAKESPEARE
- Roméo et Juliette

SIMENON
- Le Chien jaune

STEEMAN
- L'Assassin
  habite au 21

STEINBECK
- Des souris et
  des hommes

STENDHAL
- Le Rouge et
  le Noir

STEVENSON
- L'Île au trésor

SÜSKIND
- Le Parfum

TOLSTOÏ
- Anna Karénine

TOURNIER
- Vendredi ou
  la Vie sauvage

TOUSSAINT
- Fuir

UHLMAN
- L'Ami retrouvé

VERNE
- Le Tour
  du monde
  en 80 jours
- Vingt mille
  lieues sous
  les mers
- Voyage au
  centre de
  la terre

VIAN
- L'Écume des jours

VOLTAIRE
- Candide

WELLS
- La Guerre des
  mondes

YOURCENAR
- Mémoires
  d'Hadrien

ZOLA
- Au bonheur
  des dames
- L'Assommoir
- Germinal

ZWEIG
- Le Joueur
  d'échecs

ISBN version numérique : 978-2-8062-9419-7
ISBN version papier : 978-2-8062-9420-3
Dépôt légal : D/2017/12603/94

Avec la collaboration de Marie-Sophie Wauquez pour l'étude des personnages des cannibales, ainsi que pour les chapitres « Une fiction postapocalyptique », « L'intertextualité » et « La métaphore religieuse ».

Conception numérique : Primento,
le partenaire numérique des éditeurs.

Ce titre a été réalisé avec le soutien de la Fédération Wallonie-Bruxelles, Service général des Lettres et du Livre.